FABLES ENFANTINES

FABLES ENFANTINES

D'APRÈS·ÉSOPE·ET·LA·FONTAINE

ILLUSTRÉES · PAR ·
PERCY·BILLINGHURST·

TOURS
MAISON·ALFRED·MAME·ET·FILS·

Le Corbeau et le Renard.

Le Corbeau et le Renard.

MAÎTRE CORBEAU s'était perché sur un arbre pour manger tranquillement un morceau de fromage qu'il avait trouvé. Attiré par l'odeur, le Renard malin accourut au pied de l'arbre pour tâcher d'attraper le fromage.

"Eh bonjour, Monsieur du Corbeau!" dit le Renard. Le Corbeau se contenta de le regarder, mais sans ouvrir le bec.

"Que vous êtes joli!" continua le Renard. "Si votre voix est aussi belle

que votre plumage, vous êtes sans contredit le Roi des oiseaux."

A ces mots, le Corbeau, qui était très vaniteux, voulut montrer sa belle voix. Il ouvrit un large bec, et laissa tomber le fromage. Le Renard s'en saisit aussitôt.

"Ah! Ah! Monsieur du Corbeau, dit-il en riant, vous avez une forte voix, mais vous n'êtes qu'un sot. Apprenez que tout flatteur vit aux dépens de celui qui l'écoute."

Le Lion et la Souris.

Le Lion et la Souris.

UN LION s'était endormi dans la forêt, quand il fut réveillé par une petite Souris qui lui courait sur le nez. Il se redressa indigné et allait l'écraser quand elle s'écria:

"O grand Roi, épargnez-moi! Je suis si petite, que cela ne vaut pas la peine de me tuer."

Touché par la prière de la Souris, le Lion la laissa s'enfuir.

Quelque temps après, le Lion tomba dans les filets d'un chasseur. Malgré tous ses efforts il ne put les

briser. Furieux et désespéré, il poussa un formidable rugissement de colère.

La Souris l'entendit et reconnut la voix du Lion. Elle accourut promptement à l'endroit où il était prisonnier, et sans plus tarder se mit à ronger de ses dents aiguës les cordes qui le retenaient. En peu de temps elle lui rendit la liberté.

"On a souvent besoin d'un plus petit que soi," dit-elle au Lion qui la remerciait.

Le Lièvre et la Tortue.

3
KIL
P.J.B.

Le Lièvre et la Tortue.

UN LIÈVRE se moquait d'une Tortue parce qu'elle marchait trop lente-ment.

"Pendant que vous faites trois pas, j'ai le temps d'en faire cent!" disait le fanfaron.

"Eh bien, vous plairait-il de lutter à la course avec moi? riposta la Tortue. Nous prendrons le Renard pour juge.

- Accepté!" répondit le Lièvre, qui trouvait la plaisanterie amusante. Aussitôt nos deux camarades s'élancent. Le Lièvre, qui était vraiment un bon coureur, eut bientôt laissé la Tortue loin derrière lui. Il s'assit donc pour se reposer.

"Je reprendrai ma course, se disait-il, quand cette vieille lambine de Tortue m'aura rattrapé, et en trois bonds j'arriverai au but."

Là-dessus il s'endormit.

Pendant ce temps la Tortue s'en allait à petits pas, mais sans perdre une minute. Elle dépassa le Lièvre, qui dormait toujours, et continua son chemin.

Quand le Lièvre se réveilla, elle venait d'atteindre le but. "Rien ne sert de courir, Lièvre mon ami, il faut partir à temps !" lui cria la Tortue, comme il arrivait hors d'haleine.

Le Renard et la Cigogne.

Le Renard et la Cigogne.

UN jour un Renard invita une Cigogne à dîner, et, pour lui jouer un tour, lui présenta une soupe bien claire dans un grand plat.

Le Renard eut vite fait avec sa langue d'avaler la soupe; mais la pauvre Cigogne eut beau promener le bout de son long bec dans le plat, elle ne put rien attraper, et dut rentrer chez elle à jeun.

Quelques jours après, elle pria le Renard de venir déjeuner, et pour se moquer de lui à son tour, ne servit au repas que de la viande coupée en petits morceaux et placée dans un vase au goulot étroit et long.

La Cigogne n'eut aucune peine à introduire son bec dans le vase et mangea copieusement; mais le Renard ne put même pas fourrer le bout de son nez dans l'étroit goulot; aussi fut-il obligé de se contenter des miettes que laissait tomber la Cigogne.

"C'est une bonne leçon! disait le Renard affamé en regagnant son logis; cela m'apprendra à me moquer des autres!"

La Truie et le Loup.

La Truie et le Loup.

UNE mère Truie, qui avait de nom-
breux enfants tout petits, se re-
posait dans son étable avec sa jeune
famille autour d'elle, quand un Loup
qui passait regarda par-dessus le mur.
Il espérait avoir la chance de mettre
la patte sur un des petits pourceaux
pour en faire son dîner.

"Comment allez-vous, Madame la
Truie? dit-il aimablement. Puis-je vous
rendre service, vous aider à soigner
vos jeunes nourrissons? Si vous avez
envie de faire une promenade et d'aller

respirer l'air frais, je garderai volontiers vos petits pendant que vous serez dehors.

"Merci, Monsieur le Loup, répliqua la vieille finaude de Truie, qui comprenait parfaitement le but des aimables paroles de son visiteur. Je ne confie à personne le soin de mes enfants, et j'aimerais mieux vous savoir chez vous que dans ma compagnie."

Le Loup et L'Agneau.

Le Loup et L'Agneau.

PAR une chaude journée d'été, un petit Agneau se désaltérait au bord d'un ruisseau, quand vint aussi pour boire un Loup qui avait grand' faim et grand' soif.

Le Loup, apercevant l'Agneau, chercha aussitôt dans sa tête un sujet de querelle pour avoir un bon motif de le croquer.

"Comment oses-tu troubler l'eau et la rendre si bourbeuse, que je ne puis boire?" gronda-t-il.

Soyez assez bon, Monsieur le Loup, répondit l'Agneau terrifié, de remarquer que je ne puis troubler votre breuvage, puisque je suis en train de boire à plus de vingt pas au-dessous de vous.

Tu n'es qu'un drôle! grogna le Loup, car je sais que tu as médit de moi il y a six mois.

Comment cela se peut-il, Monsieur? reprit le tremblant Agneau; je n'étais pas encore né.

- Si ce n'est toi, ce devait être ton frère!" hurla le Loup féroce, et sautant sur lui, il le dévora.

Le Rat de Ville et le Rat des Champs.

Le Rat de Ville et le Rat des Champs.

IL était une fois un Rat des champs qui invita un Rat de ville à venir le voir dans son trou. Il le retint à dîner et lui servit des pois et de la farine d'avoine.

"Mon vieil ami, dit le visiteur, pourquoi restez-vous dans un taudis pareil? Quelle idée de vous contenter de plats aussi communs? Venez avec moi à la ville, vous y trouverez une bien meilleure nourriture et un logement agréable."

Le Rat des champs se laissa aisément convaincre, et tous deux s'en vinrent dans une maison où l'on avait donne une fête.

"Servez-vous!" dit le Rat de ville, en montrant les miettes abondantes qui couvraient le parquet.

Mais au moment où le campagnard, tout joyeux, allait se mettre à table, un domestique entra dans la salle, et nos deux Rats n'eurent que le temps de se cacher. Puis un chien aboya, et le Rat des champs trembla de peur.

"Laissez - moi, dit-il, retourner dans mon pauvre trou; j'y retrouverai une cuisine bien simple, mais je la mangerai en paix. Fi des plaisirs que la crainte peut corrompre!"

Le Renard et les Raisins.

Le Renard et les Raisins.

PAR une journée brûlante, un Renard affamé, passant dans un jardin, aperçut de superbes Raisins.

"Voici le moment de se régaler!" pensa le gaillard. Mais les raisins avaient poussé sur le haut d'un mur, et notre Renard, malgré qu'il eût sauté de son mieux, ne put en attraper.

Fatigué à la fin, il s'écria: "Je ne veux pas me donner plus de mal pour des fruits qui paraissent tout verts; je les laisse à ceux qui les aiment."

Et il poursuivit sa route, car c'était un Renard avisé, et il savait qu'il est préférable de ne point chercher à prendre ce qu'on ne peut avoir.

Le Chien dans la Crèche.

Le Chien dans la Crèche.

————

UN CHIEN s'était couché dans une Crèche, sur un tas de foin qui avait été placé là pour les Bœufs. Il dormait très à son aise, quand il fut réveillé par les mugissements des Bœufs qui rentraient dans l'étable.

"Ouah! ouah!" aboya-t-il, quand les Bœufs s'approchèrent pour manger leur foin. Et le Chien grognait et montrait les dents, sans vouloir laisser les animaux toucher à leur nourriture.

"Quel égoïste que ce Chien! dit un Bœuf à son camarade; il ne peut pas manger le foin, et cependant il ne veut pas que nous le prenions!"

Le Corbeau et la Cruche.

Le Corbeau et la Cruche.

———

UN CORBEAU était à moitié mort de soif quand il aperçut une Cruche.

"Enfin je vais donc trouver à boire!" dit-il plein de joie, en volant vers la Cruche.

Mais, hélas! la Cruche contenait si peu d'eau, qu'il ne put avec son bec en attraper une goutte. Il essaya bien de la renverser, mais sans y parvenir. Ne perdant pas courage, il essaya d'un autre moyen.

Il prit dans son bec un caillou
du chemin et le laissa tomber dans la
Cruche; il fit de même pour un second,
puis pour un grand nombre de cailloux,
qui, remplissant le fond de la Cruche,
forçaient l'eau à monter; elle finit par
atteindre le bord de la Cruche et le
Corbeau eut toute facilité pour avaler
la boisson rafraîchissante que son
ingéniosité et sa persévérance lui avaient
bien gagnée.

Le Loup et la Grue.

Le Loup et la Grue.

UN LOUP était en train d'avaler son dîner, quand un os lui resta dans le gosier. Il en souffrait tellement, qu'il se mit à courir de tous côtés, en criant à ceux qu'il rencontrait:

"Au secours! à l'aide! enlevez-moi mon os, et je donnerai la plus belle récompense qu'on puisse rêver!"

Tout d'abord personne ne voulut risquer sa tête ou ses pattes entre les dents aiguës du Loup. La Grue finit cependant par avoir pitié du malheureux.

"Je vous délivrerai de votre os,
lui dit-elle, si vous me promettez bien
sincèrement de me donner la récompense que vous offrez.

- Je vous le jure, ma bonne amie!"
répondit le Loup en gémissant. Sans
plus tarder la Grue introduisit son
long bec dans le gosier de la bête
féroce et arracha l'os.

"Et maintenant, dit-elle, donnez-
moi la récompense promise.

- Vous donner une récompense!
gronda le Loup en grinçant des dents.
Vous l'avez, ma belle, votre récompense:
car je vous ai laissée retirer votre tête
d'entre mes mâchoires."

Le Chien qui lâche sa proie pour l'ombre.

Le Chien qui lâche sa proie pour l'ombre.

———

UN jour un Chien qui portait dans sa gueule un morceau de viande passait sur une planche jetée au-dessus d'un ruisseau; il aperçut son image reflétée dans l'eau limpide.

"Oh! Oh! grogna-t-il, voilà un autre Chien qui porte un morceau de viande plus gros que le mien. Je m'en vais le lui prendre."

Et sans plus tarder, il lâche sa viande et saute dans l'eau pour attaquer le Chien qu'il voyait ainsi reflété.

Mais il n'eut pas de peine à constater
que le morceau de viande dont il avait
envie n'était qu'une ombre impossible
à saisir ; pendant ce temps celui qu'il
avait laissé échapper s'en allait entraîné
par l'eau du ruisseau.

" Hélas ! gémit-il tout grelottant,
pendant qu'il secouait son poil mouillé,
si je n'avais pas été si gourmand, je
n'aurais pas perdu mon dîner."